AF382911

GUÍA DE LECTURA

Escrito por Natalia Torres Behar

Grandes esperanzas

de Charles Dickens

Entiende fácilmente la literatura con

ResumenExpress.com

www.resumenexpress.com

CHARLES DICKENS

EL CREADOR DE PERSONAJES

- **Nacido en 1812 en Portsmouth (Reino Unido)**
- **Fallecido en 1870 en Kent (Reino Unido)**
- **Algunas de sus obras:**
  - *Oliver Twist* (1837-1839)
  - *Cuento de navidad* (1843)
  - *David Copperfield* (1849-1859)
  - *Historia de dos ciudades* (1859)

Charles Dickens (1812-1970) es considerado por muchos el novelista inglés más importante del período victoriano. Es recordado especialmente por la construcción de sus personajes, y sus obras gozaron de gran popularidad durante su vida. Dickens fue editor de la revista semanal *Household Words* durante 20 años, y también escribió 15 novelas y cientos de cuentos y artículos. Además, dio conferencias y fue un gran activista a favor de los derechos de los niños, de la educación y de otras reformas sociales.

Sus padres eran John Dickens, un oficinista de la

Pagaduría de la Armada, y Elizabeth Dickens. Su vida fue muy particular: cuando aún era niño, las dificultades financieras de sus padres llevaron a su padre a la cárcel en Marshalsea, una situación que hizo que Charles tuviera que trabajar en una fábrica de betún de zapatos. Sus textos de esa época reflejan la configuración de una sociedad en plena transformación industrial, y lo hacen con personajes de todas las clases sociales, a partir de un lenguaje rico, lleno de ironía, realismo y, sobre todo, con caracterizaciones únicas. Y aunque escritores como León Tolstói, George Orwell y G. K. Charleston lo admiraron, también recibió críticas de grandes nombres como Oscar Wilde, Henry James y Virgina Woolf, quienes se quejaban de su falta de profundidad psicológica y de su exagerado sentimentalismo. Aun así, son pocos los escritores que pueden darse el lujo de convertir sus apellidos en adjetivos. El término dickensiano alude a situaciones que recuerdan sus textos, sobre todo de desigualdad social.

GRANDES ESPERANZAS

LA BÚSQUEDA DE UNA AMBICIÓN

- **Género:** *Bildungsroman*
- **Edición de referencia:** Dickens, Charles. 2009. *Grandes esperanzas.* Editado por Pilar Hidalgo y traducido por María Engracia Pujals. Madrid: Cátedra
- **Primera edición:** 1861 (antes se había publicado por entregas en la revista *All the Year Round* desde el 1 de diciembre de 1860 hasta el 3 de agosto de 1861)
- **Temáticas:** *Bildungsroman*, ideal de caballero, culpa

Grandes esperanzas es considerada por muchos estudiosos la gran novela del recuerdo de Charles Dickens. Sigue la vida y desarrollo de la personalidad del narrador, Philip Pirrip, comúnmente conocido como Pip, entre 1807 (cuando tiene entre 6 y 7 años) y 1823, aunque la escena final cierra en 1834. Pip es un niño de provincia criado por su cruel hermana, que es la esposa de Joe Gargery, un gentil y carismático herrero. Su vida se llena de ambición cuando conoce a Estella, una hermosa pero displicente niña, y considera que la única manera de conseguir su amor será convirtiéndose en caballero. Unas circunstancias particulares le darán la oportunidad de viajar a Londres para seguir con sus aspiraciones pero, en su camino hacia la metrópoli, irá descubriendo los amplios matices de la sociedad en que se encuentra y sobre todo de su posición en ella. Esta es la segunda novela que Dickens escribió usando exclusivamente un narrador en primera persona. Dado que la historia transcurre principalmente en la década de 1820, parece que *Grandes esperanzas* hace una remembranza directa de las memorias de la propia infancia de Dickens en el condado de Kent, memorias cargadas de una amorosa nostalgia y un sobrecogedor lirismo.

RESUMEN

LAS ESPERANZAS DE UN INSATISFECHO

En una de las escenas más dramáticas de la literatura victoriana, Pip (diminutivo de Philip Pirrip) —un joven huérfano que vive con su hermana y el esposo de esta, Joe, que es herrero— se halla en el cementerio donde se encuentran sus difuntos padres, cuando se ve sorprendido por la llegada de un convicto en fuga, Abel Magwitch. Bajo sus amenazas, Pip roba comida y una lima de su casa para dárselos al convicto. Pip tiene tan solo 6 ó 7 años. Eventualmente Magwitch y su cómplice son capturados y, después de un tiempo, el suceso se desvanece de la memoria de Pip.

Un día, Pip recibe una invitación para ir a la mansión Satis de su pueblo con el objetivo de entretener a la señorita Havisham, una rica y excéntrica señora que, tras haber sido abandonada en el altar, parece atrapada en el pasado. Allí conoce a la protegida de la señorita Havisham, Estella, de quien queda perdidamente enamorado a pesar de su trato bastante displicente hacia él. La visita de Pip a la mansión Satis marca una transición en su vida: Estella le informa de que es ordinario y, por primera vez, Pip se vuelve consciente de su estatus social. Pip entiende que Estella jamás se enamorará de un hombre de la clase trabajadora, lo cual lo llena de insatisfacción por la vida en su pueblo y lo llena de esperanzas por un futuro que lo haga digno de su amor.

De repente, Pip se encuentra con los recursos necesarios para convertirse en un caballero gracias a la generosidad de un benefactor secreto. Seguro de que la señorita Havisham está detrás de su buena fortuna y de que este será el camino para obtener el amor de Estella, Pip parte a Londres dejando a su gran amigo Joe Gargery y su pasado como niño de la clase obrera.

¿UN CABALLERO EN LONDRES?

La relocalización en Londres señala una gran transición en la vida de Pip pues, de alguna manera, parece que abandona la inocencia de su pueblo natal para entrar a una corrupta ciudad capital. Y es una realidad que no parece llegar del todo como una sorpresa para el lector, pues ya unos capítulos antes, en una canción que Pip tuvo que aprender, se anunciaba que Londres era el lugar de los engaños:

> «Cuando fui a Londres, señores,
> Tu rul lu rul
> Tu rul lu rul
> Vaya si me engañaron, señores,
> Tu rul lu rul
> Tu rul lu rul» (Dickens 2009, 156).

Adicionalmente, desde su llegada a Londres, Pip nota que hay una gran brecha entre su formación y su aspiración a ser caballero. Su compañero de habitación, Herbert Pocket, con el que inmediatamente traba amistad, es un joven de la clase media londinense, un caballero de nacimiento, y se convierte en un primer un maestro sobre las actitudes que debe tener un caballero. Con el dinero de su misterioso benefactor, Pip consigue bienes materiales y una posición cómoda.

A pesar de su buena fortuna, siempre está presente en él una pequeña nostalgia de lo que dejó, especialmente de su amigo Joe. Y, sin embargo, cuando Joe va a visitarlo a Londres, es evidente que siente vergüenza de él. Siguiendo este episodio, el benefactor de Pip finalmente se devela.

UNA VERDAD INESPERADA

Para la sorpresa y horror de Pip, su benefactor se devela: se trata de Magwitch, el convicto del primer episodio. Magwitch había ganado su libertad y se había exiliado en Australia, donde pudo ganar una buena fortuna. Habiendo roto los términos de su liberación, Magwitch está en peligro de ser capturado nuevamente y atrapado desde el momento en que llegó a tierras británicas. Pip, sin embargo, está preocupado sobre todo por el origen «contaminado» de su riqueza y las implicaciones que esto tiene en sus estatus como caballero, así como en la percepción que Estella tiene de él. Citando al crítico Ross Dabney, Grace Moore ha señalado: «Que el dinero de Pip venga de Magwitch es un descubrimiento fértil de la ironía de las clases sociales y una reflexión sobre las fuentes de dinero no merecidas, pues como Magwitch ganó honestamente ese dinero es una buena forma de "limpieza" en términos morales, de la riqueza que se genera en la ciudad de Londres» (Moore 2004).

Por lo tanto, la percepción de Pip sobre sus esperanzas cambia totalmente, sobre todo cuando a partir de una conversación con la señorita Havisham se entera del vínculo entre Estella y Magwtich. Finalmente, Magwitch es capturado, la señorita Havisham muere en un incendio en su propia casa y Estella se casa con un enemigo de Pip: Bentley Drummle. Tras perder su fortuna, Pip empieza a trabajar en el exterior y no regresa sino hasta mucho tiempo después.

¿UN FINAL FELIZ?

Dickens cambió el final de su novela a petición de su amigo, el novelista Edward Bulwer Lytton: «En la primera versión, el capítulo LIX ni siquiera existía. Pip regresaba a Inglaterra tras once años en el extranjero, visitaba a Joe y Biddy —su amiga de niñez— (la misma escena que ahora forma parte del capítulo LIX), y dos años más tarde se encontraba casualmente en Picadilly con Estella. El adiós tras este fugaz encuentro era claramente definitivo» (Hidalgo 2009, 53). El final que quedó, por el contrario, termina con un reencuentro entre Pip y Estella, pero en el jardín de la mansión Satis: «La novela concluye así en un tono ciertamente melancólico, pero con la insinuación de que los protagonistas, templados por una dura experiencia, reharán su vida juntos» (Hidalgo 2009, 53). Tal vez inspirado en la tradición del gran final victoriano que solía terminar en una gran boda, Dickens cambió el final por uno que no dejara tanto sinsabor en los lectores de la época.

¿Hasta qué punto es un final feliz? Tanto Pip como Estella han sufrido y, aunque Estella declara que continuarán su amistad en la distancia, también es muy consciente de que el recuerdo de sus penurias se destruye junto con la casa: «Poco hubiera podido pensar —dijo Estella— que me despediría de ti al tiempo que de este lugar. Me alegro mucho» (Dickens 2009, 472). Aunque para Pip «[e]l recuerdo de [su] última despedida siempre ha sido algo triste y penoso» (*ib.*) aunque sin «sombra de separación» como lo destaca en la última línea. Pilar Hidalgo, en el estudio crítico a la edición en español de la novela publicada por la editorial Cátedra, asegura que «[h]asta cierto punto, el verdadero final de la novela está en el capítulo XXXIX, en el descubrimiento por parte de Pip del origen de sus grandes esperanzas.

Todo lo que viene a continuación (revelación de parentescos y relaciones, muertes, etc.) es accesorio» (Hidalgo 2009, 53).

ESTUDIO DE LOS PERSONAJES

PHILIP PIRRIP «PIP»

Pip es el protagonista y narrador de la novela. Estas dos distinciones son importantes en la medida en que configuran dos personajes diferentes. Dado que Pip está narrando su historia muchos años después de los eventos que tienen lugar en ella, hay una clara distinción entre la voz que cuenta la historia y la persona que la representa. Dickens le da a la voz del Pip narrador una perspectiva y una madurez particulares mientras relaciona cómo el personaje de Pip se siente sobre lo que está sucediendo. La ejecución de esta distinción es evidente sobre todo en la primera parte del libro, cuando Pip es aún un niño.

La transformación y desarrollo de Pip es fundamental en la *bildungsroman*, género en el que se inscribe la novela. El Pip niño no es consciente ni de quién es ni de su lugar en el mundo hasta que llega por primera vez a la mansión Satis y conoce a Estella y a la señorita Havisham. Una vez gana conciencia de quién es, Pip se llena de esperanzas y cree que la forma de cumplirlas es convertirse en caballero y parece que, con la ayuda de su misterioso benefactor, está alcanzando su cometido, hasta que descubre su identidad. Así, aunque la bondad de Pip sale a relucir constantemente con episodios como la ayuda al convicto o su papel en la buena fortuna de su amigo Herbert Pocket, descubrir que el convicto Magwitch —y no la adinerada señorita Havisham— era su benefactor secreto lo hace cuestionarse todas sus concepciones sobre las jerarquías, y sobre la superficialidad de ese ideal que creía estar alcanzando. Incluso se da cuenta de que estaba empezando a imitar la superficialidad y el trato displicente que tanto odiaba de Estella.

La madurez de Pip llega una vez entiende que la fortuna es algo superficial si no se trabaja por ella, y que la riqueza no garantiza la libertad.

JOE GARGERY

Joe es el cuñado de Pip, esposo de su hermana. Tal vez en la historia Joe es el más cercano a un buen personaje: tiene un lado gentil y emocional, combinado con una fuerza bruta por su profesión de herrero. Pip lo describe en los siguientes términos: «Joe era un hombre rubio de rizos dorados a ambos lados de un rostro suave, y con los ojos de un azul tan indeciso que parecían haberse mezclado de algún modo con el mismo blanco. Era un tipo apacible, de buen carácter, amable, fácil de tratar, simple y entrañable, una especie de Hércules en cuanto a fuerza y en cuanto a debilidad» (Dickens 2009, 70).

Por lo tanto, para Pip, Joe es su familia y su amigo, una persona que le brinda amor y apoyo incondicional en toda la novela. Joe también es un polo a tierra para Pip y sus ambiciones, pues no se rige ni por la pasión ni por la ilusión: conoce y acepta su posición en el mundo. No obstante, no solo es un ser dulce. Sus debilidades consisten en no tener educación o modales, pero, sobre todo, en haber fallado en proteger a Pip del abuso de su hermana durante su infancia.

SEÑORA JOE GARGERY

La innombrable señora Joe Gargery es la hermana mayor de Pip, veinte años mayor que él. Maltrata constantemente a Pip verbal y, seguramente, físicamente. Su distancia con ella es tal que Pip nunca se refiere a ella por su nombre propio sino por el de su esposo. Además, en contraste con la gentileza con que describe a Joe, Pip configura a su hermana a partir de elementos puntiagudos: «Mi hermana, la señora Joe, [...] tenía la piel de un rojo tan vivo que yo a veces pensaba si cabría la posibilidad de que se lavara con un rallador en lugar de con jabón. Era alta y huesuda y casi siempre llevaba un tosco delantal atado detrás con una lazada cuyo delantero lo componía un inexpugnable babero cuadrado lleno de alfileres y agujas». (Dickens 2009, 70).

La señora Joe es un personaje mucho más complejo. Al inicio de los eventos de la novela, la señora Joe ya había enterrado a sus dos padres y a cinco hermanos. Y tal vez por todo el abandono que hubo en su vida su objetivo principal fue la supervivencia, que busca obtener a partir del poder y la riqueza e, inconscientemente, le transmite estos valores a Pip.

ABEL MAGWITCH

El convicto Magwitch es el apoyo secreto en el cumplimiento de las esperanzas de Pip. Magwitch es «Un hombre horrible, [...] sin sombrero, con los zapatos rotos y un trapo viejo atado a la cabeza» (Dickens 2009, 66). Aunque es condenado y exiliado en Australia, logra hacerse con una fortuna que decide invertir secretamente en la educación de caballero de Pip. Esto es un acto muy importante no solo en la vida de Pip, sino también en la matización del ideal de caballero de la novela. Por un lado, aunque Magwitch es atrapado junto a su cómplice Compeyson, solo se condena al primero, dado que el aspecto del último es el de un caballero. Así, aprende que la sociedad juzga por las apariencias. Por otro lado, aunque Magwitch no entra en la definición de caballero pues sus orígenes y modales así lo revelan, para él es muy importante formar a uno como respuesta a esa sociedad que lo ha condenado. Adicionalmente, su vínculo inesperado con Estella es un nuevo cuestionamiento a toda la concepción ingenua con la que Pip se embarca a Londres para conseguir cumplir sus esperanzas.

BIDDY WOPSLE

Biddy es la antítesis de la señora Joe: es tranquila, amigable, amorosa y con un gran sentido de la realidad. Pero también es la antítesis de Estella: «No era hermosa, era tosca y no podía ser como Estella, pero era agradable, sana y dulce» (Dickens 2009, 170). Aunque por mucho tiempo estuvo enamorada de Pip, Biddy no enfoca su relación con Pip en sus sentimientos, sino que se convierte en su gran confidente desde que se conocen en una escuela de su pueblo natal. Promete convertir a Pip en una persona no ordinaria enseñándole todo cuanto aprende. Pip admira muchísimo a su amiga y considera pedirle matrimonio al final de la novela.

SEÑORITA HAVISHAM

La señorita Havisham es uno de los personajes más extraños y grotescos de la novela. Abandonada en el altar, vive atrapada en el pasado. Pip resalta en ella su figura cadavérica e, incluso, llega a creer que la ve muerta, colgada de su mansión al comienzo y al final del libro.

Su obsesión y resentimiento con el pasado es tal que se niega a dejar de usar su amarillento y deteriorado traje de bodas, o a limpiar su hogar, o a darles cuerda a sus relojes. Adopta una niña pequeña y la educa con el objetivo de que ejerza su venganza contra el género masculino. El viaje de Pip a su casa, la mansión Satis, marca el inicio de las esperanzas de este, y la mujer se encarga de reforzarlas constantemente tentándolo a amar cada vez más a su adoptada Estella. Durante gran parte de la novela, Pip cree que cuenta con el favor de la señorita Havisham y que, igual que educó a Estella como a una dama, ahora lo educa a él como a un caballero.

ESTELLA

Como Pip, Estella es huérfana. La señorita Havisham la adopta y la forma para ser una dama. Además, es una herramienta de su madre adoptiva para vengarse de la sociedad, especialmente de los hombres, ya que la educa para conquistar sus corazones y abandonarlos. En este sentido, su historia es parecida a la de Pip, quien en cierto modo es la herramienta de Magwitch para ejercer su propia venganza contra la sociedad.

Estella es antipática debido a su educación, pero es el detonante de las esperanzas de Pip y su gran amor. Crece tan displicente que ni siquiera siente amor por su madre adoptiva. Su nombre, que significa estrella, parece que hace referencia al hecho de que siempre es inalcanzable para Pip.

HERBERT POCKET

Herbert es un personaje simple, poco complicado. Se refiere a Pip como Handel (como referencia a la ópera del compositor de este nombre, llamada *El herrero armonioso*) y llega a ser su amigo más leal en Londres. Nacido en una buena familia, pero con problemas económicos, Herbert encarna el ideal genuino del caballero de nacimiento: buenos modales y buena cuna. Con todo, sueña con ser capitalista y ganar capital por sí mismo. Herbert es, además, uno de los únicos personajes que realmente logra cumplir sus esperanzas. Aunque no se convierte en una persona adinerada, consigue una esposa amable y una profesión exitosa gracias a su duro trabajo y diligencia, algo que parece un mensaje claro de la novela sobre qué carácter es el que merece la felicidad.

SR. JAGGERS Y WEMMICK

Estos dos personajes también son, de cierta manera, dos figuras paternas para Pip que le dan herramientas fundamentales para su madurez, pues configuran una visión amplia del mundo. Estos personajes se mueven con habilidad por diferentes esferas de la sociedad.

Por un lado, Jaggers es un abogado que defiende criminales, además de ser el abogado de la señorita Havisham y, también, aunque esto no es develado hasta el final, de Abel Magwitch. Descrito como «[u]n hombre corpulento, de tez extraordinariamente morena, enorme cabeza y mano correspondientemente grande» (Dickens 2009, 134), Jaggers es un personaje fuerte e interesante. La «suciedad» de su profesión la refleja en el gesto constante de lavarse las manos, como una forma simbólica de lavarse la culpa de los clientes del bajo mundo. Sin embargo, es un personaje complejo en cuanto a que, viendo los horrores de la prisión y del abuso a los niños por parte del sistema legal, se encarga de conseguirle un hogar a Estella.

Wemmick, por otro lado, es el secretario del señor Jaggers. Es otro de los grandes amigos de Pip en Londres, y ha aprendido y se ha adaptado muy bien a lo que se espera de la vida en la ciudad, separando a la perfección la esfera de lo público de la esfera de lo privado. En esta medida, vive una vida dual: en la oficina es tosco y seco, pero en su casa es totalmente diferente. Su relación con Pip es tan cercana que incluso le da consejos cuando intentan sacar a Magwitch de Inglaterra.

CONSIDERACIONES FORMALES

ESTRUCTURA

Grandes esperanzas está dividida en 59 capítulos agrupados en tres etapas de las esperanzas de Pip. Las separaciones entre ellas están explícitamente marcadas en el texto al final de los capítulos XIX y XXXIX: «Aquí concluye la primera [segunda] etapa de las esperanzas de Pip». La primera parte cubre la infancia y adolescencia de Pip en su ciudad natal y presenta las experiencias fundamentales que afectarán al desarrollo de su personalidad, mientras que la segunda abre con el inicio de la nueva vida de Pip en Londres y termina con el desvelamiento del origen de su vida allí. Finalmente, la última está llena de las revelaciones y acontecimientos dramáticos de la novela: «Al final del capítulo IX, Pip llama la atención sobre los acontecimientos trascendentales que presiente van a cambiar el rumbo de su vida (la visita a la señorita Havisham y el primer encuentro con Estella); ese comentario de

Pip, como otros muchos que irá dejando caer en el curso de su narrativa, capta bien el tono agridulce de la historia. La ironía siempre presente en las esperanzas de Pip subyace aquí también, ya que el verdadero acontecimiento trascendental ha tenido lugar mucho antes, en el encuentro del primer capítulo» (Hidalgo 2009, 33). Como se ha explicado más arriba, la publicación de la novela se hizo por entregas en la revista *All the Year Around*. A pesar de su concepción de largo aliento, cuenta con una estructura clara que se apoya en lo que Pilar Hidalgo considera «una compleja red de contrastes, repeticiones y coincidencias» (Hidalgo 2009, 31).

Contrastes en *Grandes esperanzas*

Las atmósferas de *Grandes esperanzas* son claramente contrastantes. Por ejemplo, mientras la casa/forja de Pip está marcada por el fuego siempre encendido de la fragua, la mansión de la señorita Havisham está siempre en las penumbras. También existe contraste entre su pueblo natal y Londres. Así mismo, existen pautas contrastivas entre los personajes: la bondad de Joe Gargery contrasta con la rudeza de la innombrable señora

Joe Gargery. El desdén de Estella contrasta con la gentileza y amistad de Biddy, que además pudo haber sido una potencial compañera de Pip. O, en Londres, la genuina caballerosidad de su amigo Herbert Pocket contrasta con la brutalidad de uno de los protegidos del Sr. Pocket —que es el padre de Herbert—, el adinerado Drummle.

Repetición como recurso

La repetición también contribuye a la unidad estructural de *Grandes esperanzas*. Por ejemplo, una repetición de carácter temático es el número de personajes cuyas esperanzas quedan defraudadas: «Wopsle quiere "hacer revivir el teatro"; los parientes de Miss Havisham buscan ser declarados sus herederos; Matthew Pocket había pensado en continuar su brillante carrera académica antes de contraer un matrimonio desastroso; la señora Pocket ha dedicado su vida a lamentar el hecho de que su familia no hubiese conseguido un título aristocrático; la señora Gargery se lamenta continuamente por estar casada con un herrero; incluso el angelical Herbert Pocket alberga modestas ambiciones, y será el único personaje que verá cumplirse sus esperanzas personales y profesionales» (Hidalgo 2009, 35). Una clase especial de repetición dentro de la estructura narrativa la constituyen los episodios que ocurren dos veces, como la impresión de Pip hacia el comienzo y el final de la novela de ver a la señorita Havisham colgando por el cuello de una viga, que resulta ser falsa en ambas ocasiones.

ESTILO Y LENGUAJE

Si la repetición y el contraste como pautas narrativas contribuyen a la unidad formal de *Grandes esperanzas*, la unidad argumental y temática está reforzada por la narración en primera persona. El tono melancólico e irónico que Pip imprime a su historia está sustentado, además, en el hecho de que su historia está siendo contada desde el recuerdo. La ironía es un rasgo característico en las obras de Dickens, y *Grandes esperanzas* particularmente gira en torno a una ironía suprema: «que las esperanzas de Pip, la oportunidad de convertirse en caballero y hacerse digno de Estella tienen su origen precisamente en el episodio de su vida que el joven considera vergonzoso y hace todo lo posible por olvidar [...]» (Hidalgo 2009, 38).

Adicionalmente, uno de los aspectos más interesantes de las obras de Dickens es el uso del dialecto de los personajes. En la época victoriana los dialectos, más que determinar un origen geográfico, determinaban la clase social, y su uso estaba limitado exclusivamente a criados, campesinos y trabajadores. Existen, por supuesto, unas excepciones interesantes entre las cuales se encuentra Pip pues, a pesar de su origen, se expresa con el inglés estándar de la clase media inglesa de la época, en contraste con un dialecto bastante particular e inventado, por ejemplo, del convicto Magwitch.

TEMÁTICAS Y CLAVES DE LECTURA

BILDUNGSROMAN

Grandes esperanzas puede enmarcarse en el género llamado *Bildungsroman* (novela de desarrollo personal) que se originó hacia finales de la segunda mitad del siglo XVIII. Este género presenta el viaje actual o metafórico de la juventud a la madurez de un héroe particular, un viaje cuyo objetivo suele ser la reconciliación entre el deseo de autorrealización y la adaptación a la realidad de la sociedad.

Este género nació en medio del rápido proceso de industrialización que experimentó Europa entre finales de la segunda mitad del siglo XVIII y el siglo XIX, que dio lugar al surgimiento de un nuevo público lector, más burgués y, por lo tanto, a otro tipo de personajes y temáticas en la literatura. En este sentido, el deseo de la autorrealización, la necesidad de adaptarse a variadas circunstancias sociales en un mundo cambiante y la aspiración constante de pertenecer a las clases medias llevan a caracterizaciones complejas de los héroes de este tipo de literatura.

EL IDEAL DE CABALLERO

Una de las consecuencias de ese rápido proceso de industrialización que se vivió en Europa (sobre todo en Inglaterra), especialmente entre finales de la segunda mitad del siglo XVIII y el siglo XIX, fue un aumento considerable de la riqueza durante el período considerado victoriano. El ideal del *gentleman* inglés ya se había configurado en una literatura anterior y estaba asociado sobre todo a un hombre noble de nacimiento con genes puros, pero también a los clérigos de la Iglesia de Inglaterra, a miembros del Parlamento y a oficiales del Ejército. El caballero era, además, una categoría tanto moral como social. En la idea de caballero también estaba presente la gentileza, la simpatía, una buena disposición y una buena imaginación. Y aunque la burguesía y los nuevos ricos estuvieran posicionándose en la sociedad, los ideales de estatus social elevado aún estaban asociados a la aristocracia.

En *Grandes esperanzas*, el deseo de Pip de convertirse en caballero se inicia como un mero deseo de ser respetado y de ser menos ordinario, detonado por su amor por Estella: «—Biddy —le dije, tras obligarla a prometerme que guardaría el secreto—, quiero ser un caballero [...]». «[Y] a ves cómo estoy, insatisfecho, e incómodo y… ¿qué más me hubiera dado ser tosco y ordinario si nadie me lo hubiera hecho notar?» (Dickens 2009, 172).

Nos encontramos, entonces, frente a dos clases de caballeros: los que se hacían a sí mismos y los de origen noble. En la novela esta distinción se hace clara entre Pip y su amigo de Londres, Herbert Pocket. En una de las primeras escenas de Pip en Londres, Herbert lo acompaña a comprar un traje: «Cabe la duda acerca de si la obra local del señor Trabb le habría caído mejor a él que a mí, pero soy muy consciente de que él llevaba con más gracias su traje usado que yo el mío nuevo» (Dickens 2009, 214). Herbert reúne las verdaderas cualidades de un caballero: gentileza, diligencia y consideración. Esto saca a relucir una cuestión: a pesar del dinero y el aprendizaje, parece que Dickens nos dice que el caballero necesariamente nace como tal.

Ahora bien, en su ensayo titulado *Pip: la búsqueda por la caballerosidad en «Grandes esperanzas» de Charles Dickens*, Camilla Werenberg asegura que en un principio Pip tiene en su mente una noción idealizada de la caballerosidad, pero que con el transcurso de los eventos se da cuenta de que la realidad es muy diferente.

Dickens también expresa que la idea de que si un individuo, por alguna razón, no puede ser un caballero por sí mismo, puede ser propietario de uno, comprar uno, como si la caballerosidad fuera algún tipo de mercancía (se puede decir que en la obra Magwitch es el dueño de esta). Y precisamente por eso puede ser considerado como un impostor.

Adicionalmente, Werenberg asegura que no haber titulado la novela con el nombre de su protagonista (como lo hizo en otras ocasiones con Oliver Twist y David Copperfield, por ejemplo) da cuenta de que no se trata solamente de que Pip quiera convertirse en caballero, sino de que toda la sociedad buscaba ese ideal. Sin embargo, la gran crítica radica en los matices de ese ideal: ¿hasta qué punto debía ser esta la aspiración de la sociedad?

LA CULPA

Otro de los temas que está presente constantemente en *Grandes esperanzas* es la culpa. Pip no siente culpa hacia una única situación, sino que es un patrón de su personalidad. El primer episodio de la novela lo hace explícito: después de robar la comida y la lima para el convicto Magwitch, Pip está constantemente preocupado de que lo descubran: «La conciencia es algo terrible cuando acusa a hombre o niño; mas cuando, en caso del niño, ese peso secreto colabora con otro peso secreto en la pernera, doy fe de que se convierte en un gran castigo» (Dickens 2009, 75). Subyace a esta primera etapa de su vida, además, un sentimiento de culpabilidad casi por haber nacido, instigado por el maltrato que recibe de su hermana.

Otro de los episodios en los que se hace más presente el sentimiento de culpabilidad de Pip es en los momentos que preceden y siguen a la agresión que sufre su hermana al final del capítulo XVI y a comienzos del XVII: «Aunque es obvio que Pip no ha intervenido para nada en el ataque, sí es cierto que existe una conexión entre él y el criminal: el arma del delito ha sido la lima que Pip había entregado años antes al preso para que cortara sus cadenas» (Hidalgo 2009, 48).

Pero, tal vez, la culpabilidad que más puede llegar a conmover al lector es aquella que siente Pip desde el momento en que se marcha a Londres en busca de la realización de sus grandes esperanzas: se siente culpable por dejar a Joe pero, al mismo tiempo, se siente avergonzado de su inferioridad, un sentimiento que también le genera culpa.

PISTAS PARA LA REFLEXIÓN

ALGUNAS PREGUNTAS PARA PRO-FUNDIZAR EN SU REFLEXIÓN...

- ¿Cuál es la mayor transformación de Pip en la novela?
- ¿Qué contrastes y qué repeticiones encuentra en la novela?
- ¿Cuál cree usted que es el personaje que tuvo mayor influencia en el desarrollo de Pip?
- ¿En qué medida refleja la novela a la sociedad inglesa de la época?
- ¿Cree que el ideal de caballero está presente de alguna manera en nuestra sociedad?
- Hacia el final del libro, Pip se enfrenta a Estella y a la señorita Havisham por dejarle creer que sus esperanzas estaban patrocinadas por ellas. Estella responde a sus reclamos con la siguiente frase «¿Cuál ha sido mi vida para que yo me molestara en rogaros a ti o a ellos, que no lo quisierais así? Vosotros fabricasteis tus propias trampas, yo no lo hice» (Dickens 2009,

368). ¿A qué «trampas» se refiere Estella?

¡Su opinión nos interesa!
¡Deje un comentario en la página web de su librería en línea,
y comparta sus favoritos en las redes sociales!

PARA IR MÁS ALLÁ

EDICIÓN DE REFERENCIA

- Dickens, Charles. 2009. *Grandes esperanzas*. Editado por Pilar Hidalgo y traducido por María Engracia Pujals. Madrid: Cátedra.

ESTUDIOS DE REFERENCIA

- Drabble, Margaret, ed. 2000. *The Oxford Companion to English Literature*. Oxford: Oxford University Press.

- Moore, Grace. 2004. "Great Expectations". *The Literary Encyclopedia*. 9 de diciembre. Consultado el 12 de octubre de 2015. http://www.litencyc.com/php/sworks.php ?rec=true&UID=4892

- Pajares Infante, Eterio. 2006. *La novela inglesa en traducción al español durante los siglos XVIII y XIX: Aproximación bibliográfica*. Barcelona: PPU.

- Rau, Petra. 2002. "Bildungsroman". *The Literary Encyclopedia*. 13 de noviembre. Consultado el 12 de octubre de 2015. http://www.litencyc.com/php/stopics.php?rec=true&UID=119

- Werenberg, Camilla. 1995. *Pip's Quest for Gentility in Charles Dickens'* Great Expectations. Consultado el 10 de octubre de 2015. http://people.hum.aau.dk/~riber/expect.htm

LECTURAS RECOMENDADAS

- Bloom, Harold. 2007. "Charles Dickens (1812-1870)". *Novelists and Novels*. Nueva York: Checkmark Books.

- O'Gorman, Francis, ed. 2002. *The Victorian Novel*. Oxford: Blackwell Publishers.

ResumenExpress.com

GUÍA DE LECTURA

Muchas más guías para descubrir tu pasión por la literatura

www.resumenexpress.com

© ResumenExpress.com, 2017. Todos los derechos reservados.

www.resumenexpress.com

ISBN ebook: 9782806272348

ISBN papel: 9782806272355

Depósito legal: D/2015/12603/551

Cubierta: © Primento

Libro realizado por Primento, el socio digital de los editores